中国古代碑帖精粹

张迁碑

图书在版编目（CIP）数据

张迁碑／彭兴林编.—济南：山东美术出版社，2009.6
（中国古代碑帖精粹）
ISBN 978-7-5330-2764-3

Ⅰ.张… Ⅱ.彭… Ⅲ.隶书—碑帖—中国—汉代
Ⅳ.J292.22

中国版本图书馆CIP数据核字（2009）第082644号

策　　划：鲁美视线
主　　编：彭兴林
责任编辑：吴　晋
封面设计：吴　晋
内文设计：杨凤娇

出版发行：山东美术出版社
济南市胜利大街39号（邮编：250001）
http：//www.sdmspub.com
E-mail：sdmscbs@163.com
电话：（0531）82098268　传真：（0531）82066185
山东美术出版社发行部
济南市胜利大街39号（邮编：250001）
电话：（0531）86193019　86193028
制版印刷：北京正合鼎业印刷技术有限公司
开　　本：889×1194毫米　16开　3.75印张
版　　次：2009年6月第1版　2009年6月第1次印刷
定　　价：14.00元

前言

《张迁碑》，全名《汉故谷城长荡阴令张迁表颂》，有碑阴题名。东汉中平三年（一八六）立，隶书十六行，行四十二字，碑阴尚完好。现存山东泰安岱庙。张迁碑文记载了张迁的政绩，系故吏韦荫为颂扬他而刻立的。碑文书者失其名字，篆刻者为孙兴。此碑书法朴厚劲秀，用笔方整多变，碑阴尤为酣畅，其结体也是以方正为主，笔势内敛，笔力沉着，体势古拙而富于奇趣，在诸汉碑中别具一格。明代王世贞《弇山人四部稿》评其曰：“书法不能工，而典雅饶古意，终非永嘉以后所可及也。”

传世墨拓以“东里润色”四字未损为明拓本，翁同龢审定明初拓本为最佳。

君諱遷字公方
陳留己吾人也
君之先出自有

周周宣王中興
有張仲以孝友
為行披覽詩雅

煥知其祖高帝
龍興有張良善
用籌策在帷幕

生冉決脈負年
聖之外析建於
畱文景之間有

張釋之建忠弼
之謨帝遊上林
問禽狩所有苑

令不對更問壽
大壽夫事對於
是進壽吏為令

令追為書夫樏

史議為表石苑

令有公卿上丰

嗇夫喋喋小吏
非社稷之重上
從言孝文時有

張騫廣通風俗
開定畿寓南苞
八蠻西羁六戎

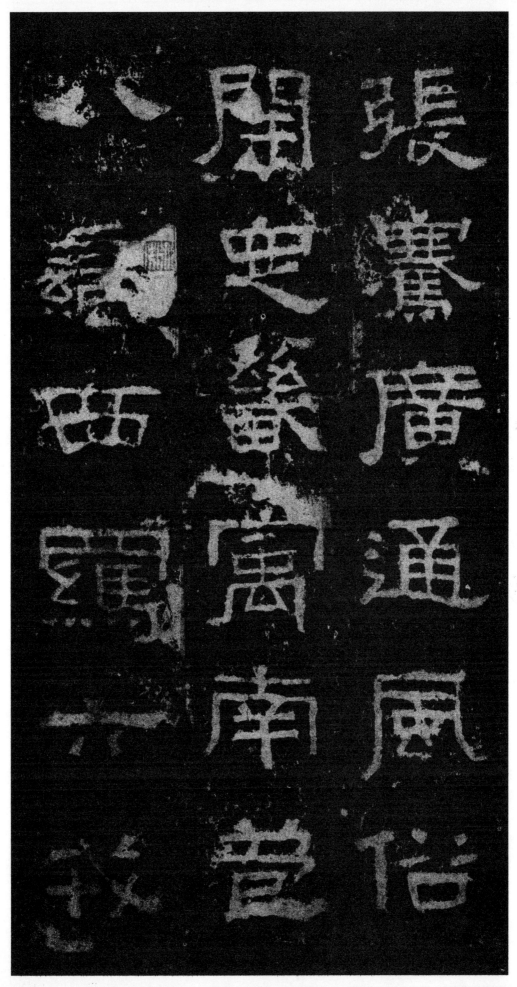

北震五狄東勤
九夷荒遠既殯
各貢所有張是

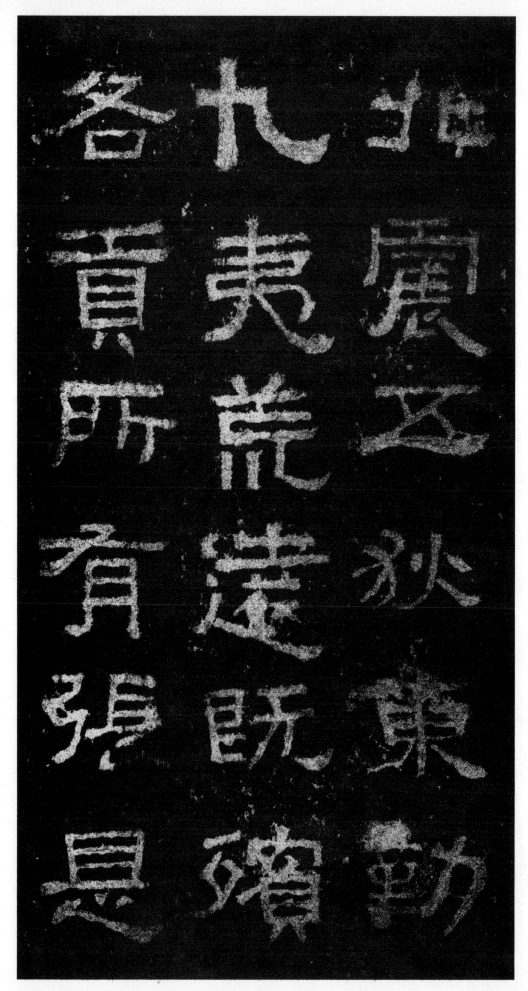

輔漢世載其德
爰暨於君蓋
其繵縺纘戎鴻

緒牧守相係不
殞高問孝弟於
家中謇於朝治

京氏易聰麗權
略藝於從政少
爲郡吏隱練職

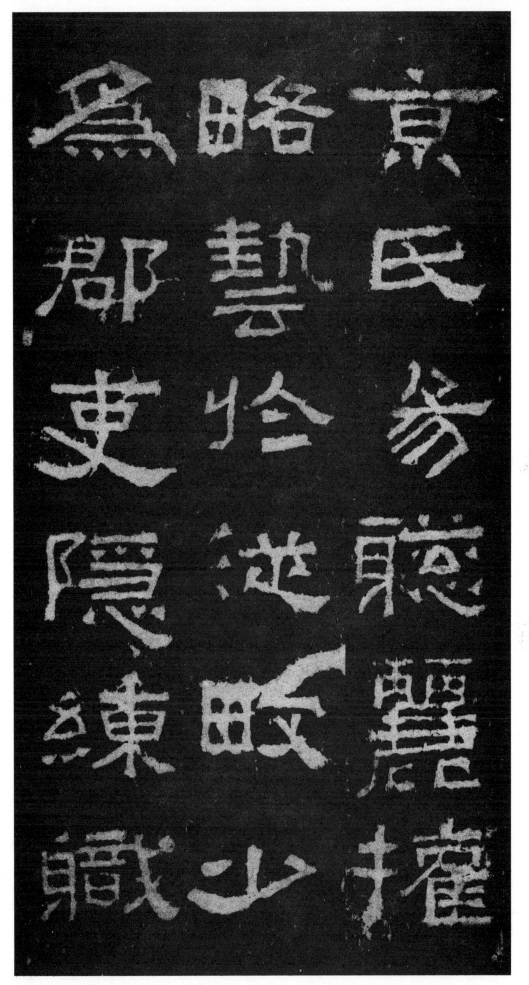

位常在股肱數
為造事歲無細
閭歲拜[illegible]中除

穀城長蠶月之
務不閉四門臘
正之祭休囚歸

賀八月算民不
煩於鄉隨就虛
落存恤高年路

無拾遺犁種宿
野黃巾初起燒
平城市斯縣獨

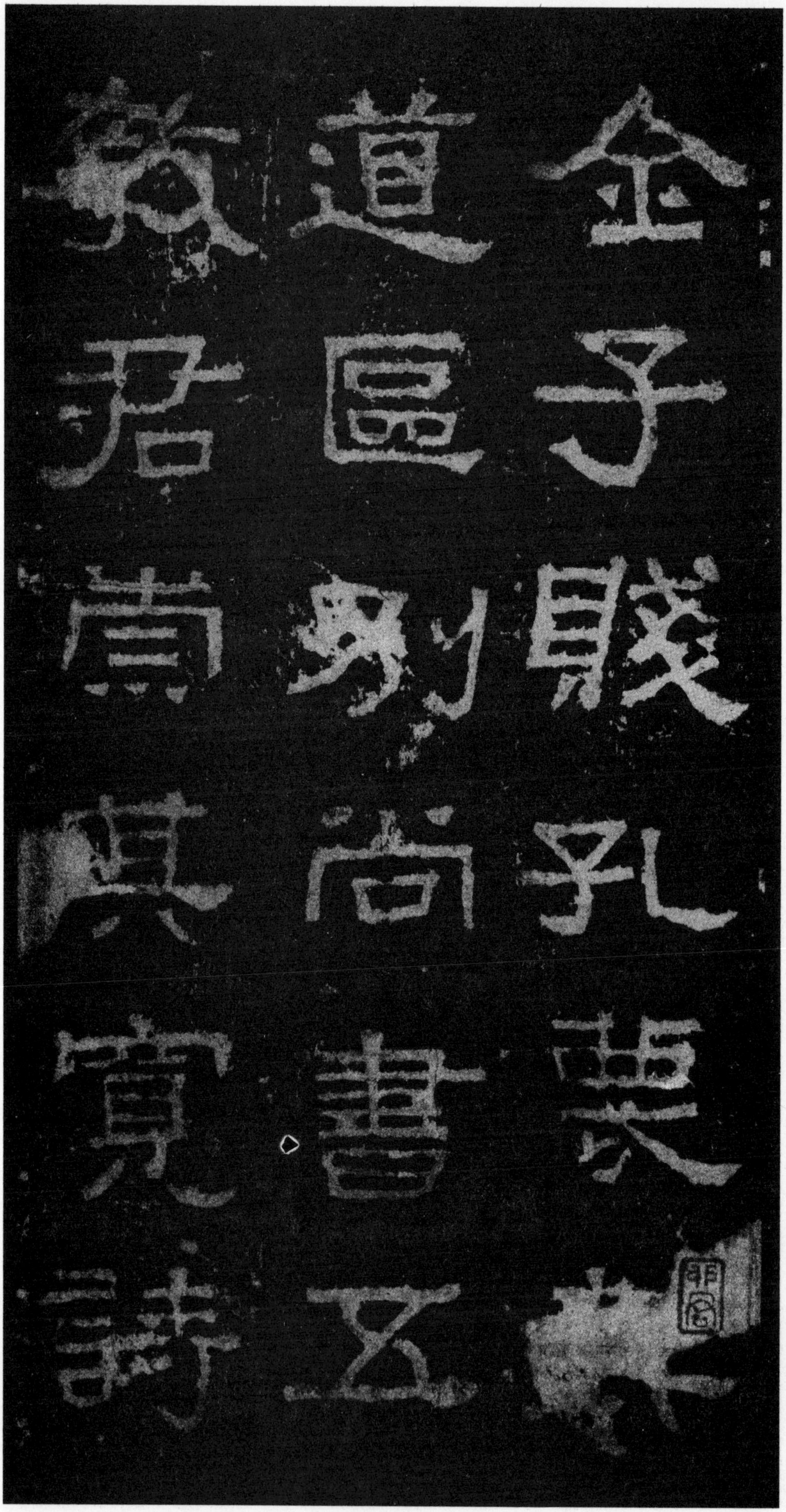
金子賤孔褒文
道區別尚書五
敎君肅其寬詩

云愷悌君隆其
息東里潤色君
參其仁邵伯分

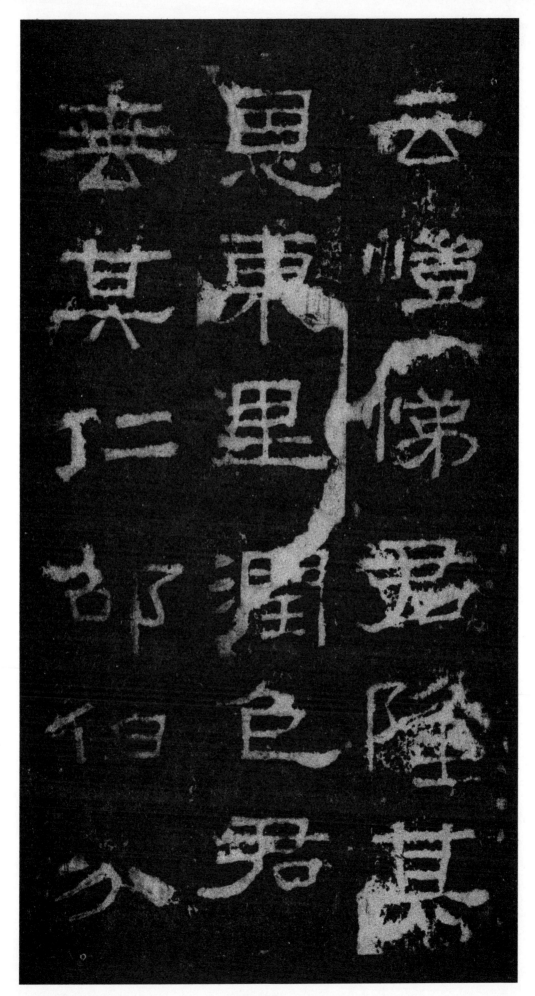

陝君懿于棠晉
陽珮瑋西門帶
弦君之體素能

雙其勳流化八
基遷蕩陰令吏
民頡頏隨送如

雲周公東征西
人怨思奚斯讚
魯孝父頌殷前

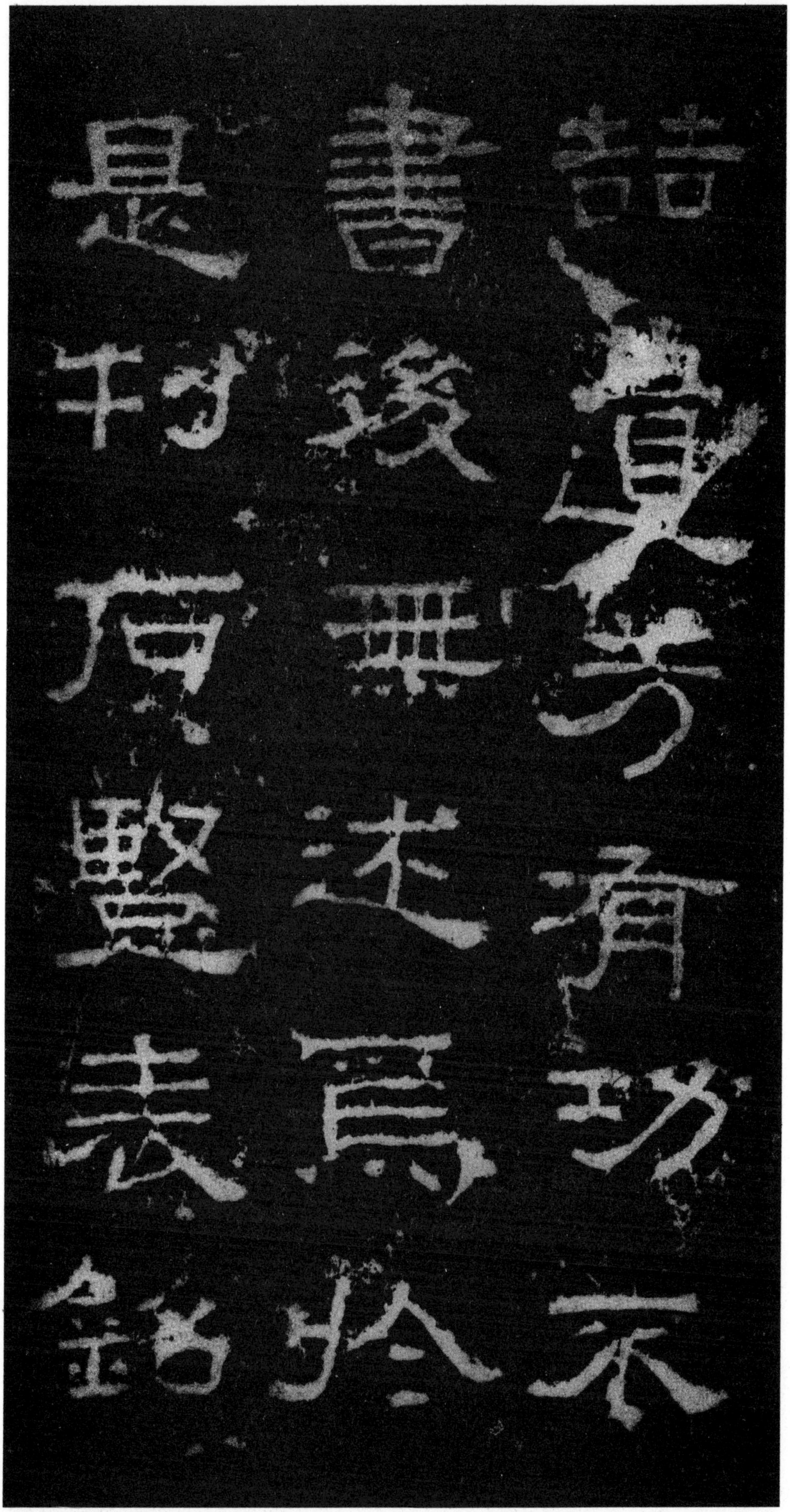
喆夏兮有功永
書後無述焉於
是刊石豎表銘

勒萬載三代以
來雖遠猶近詩
云舊國其命惟

新

於穆我君既敦

既純雪白之性

孝友之仁紀綱
英本蘭生有芳
克岐有兆綏御

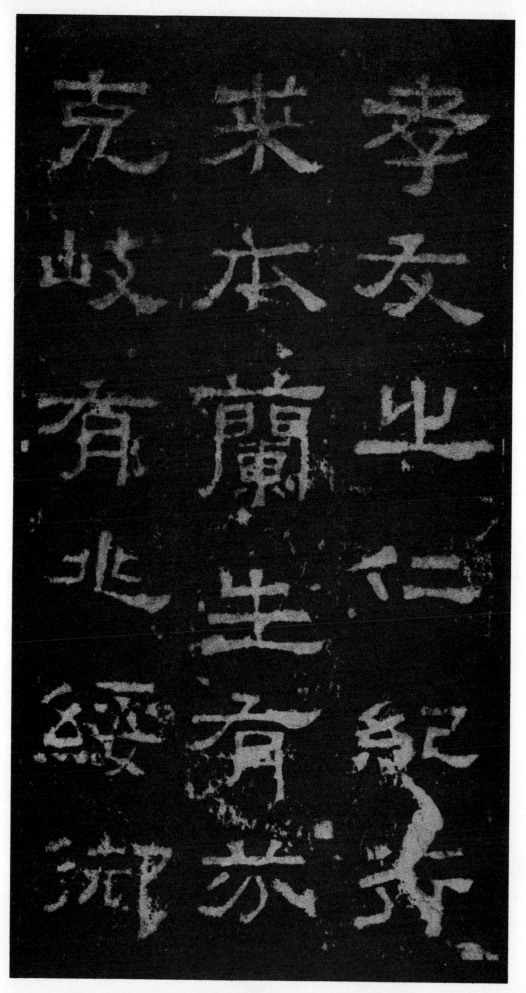

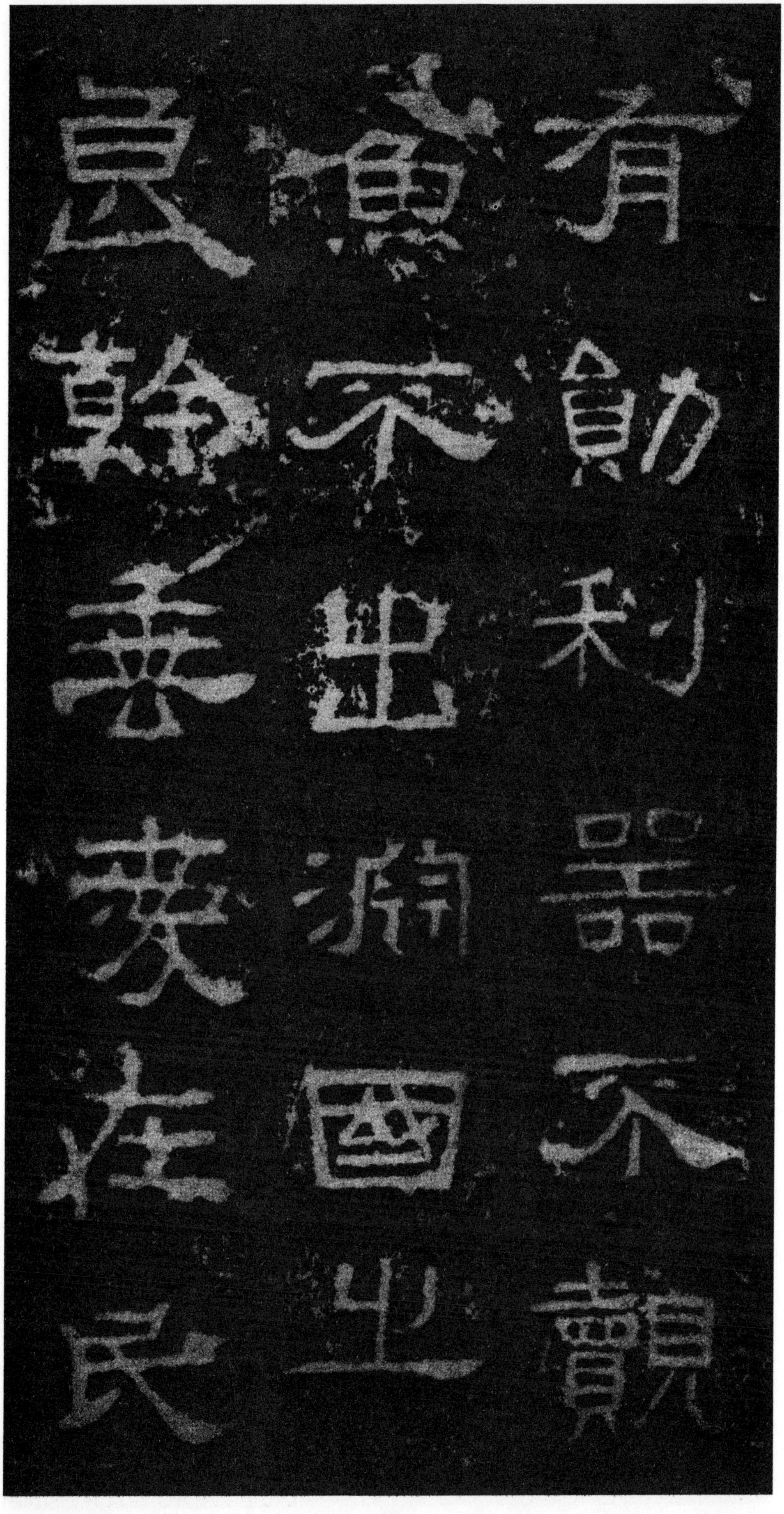
有勛利器不覯
魚不出淵國之
良幹垂愛在民

蔽芾棠樹溫溫
恭人乾道不繆
唯淑是親既多

受祉永享南山
年禄无疆子子
孫孫[illegible][illegible]亦

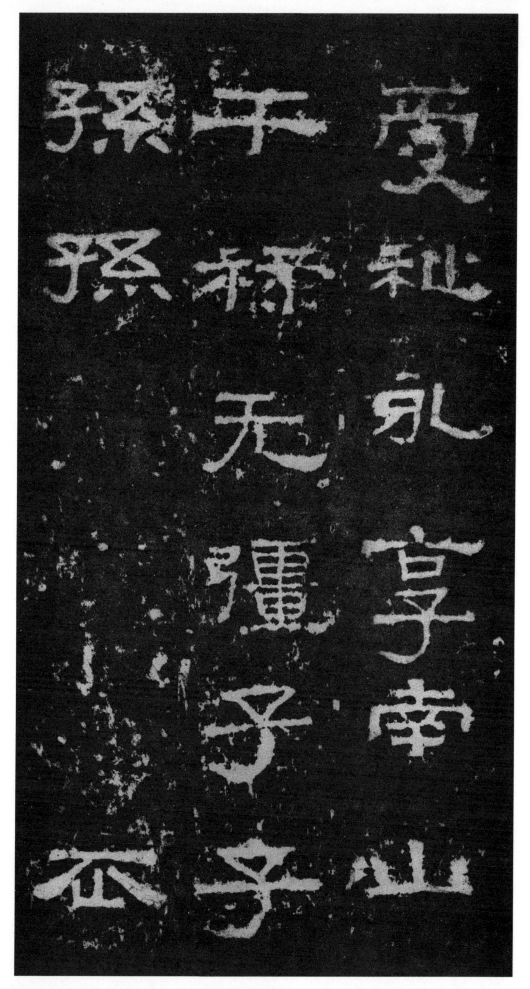

惟中平二年歲
在攝提二月震
節紀日上旬陽

氣厥析感思舊
君故吏韋萌等
僉然同聲賃師

孫興刊石立表
以示後昆共享
天祚億載萬年

事章先富
父西故後事
曹世節錢不

世節錢八百
故吏韋府卿
錢七百故吏

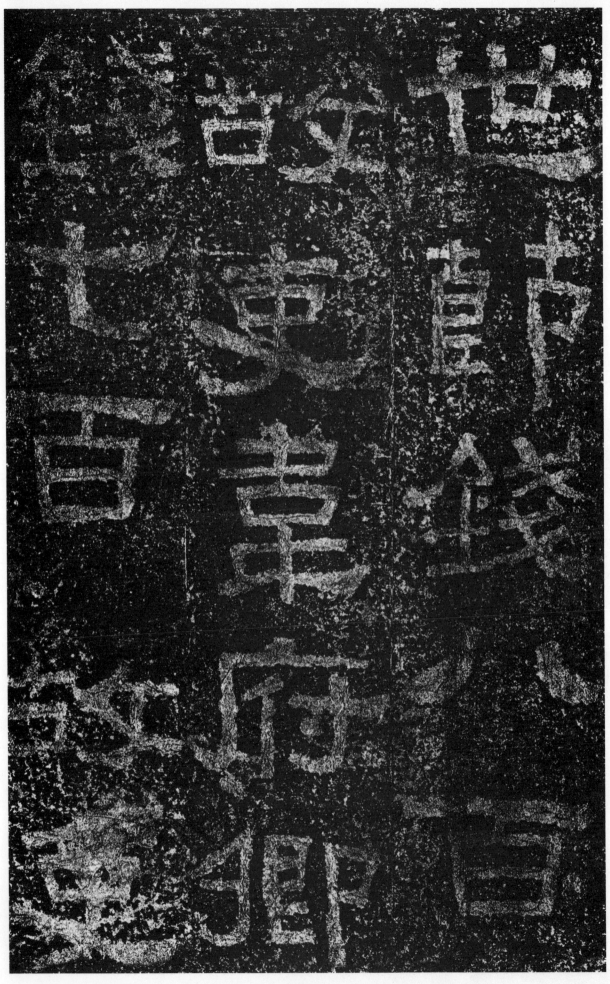

韓公淏錢宅
官故史事世
山錢西守

故吏韋[illegible]

四言古[illegible]

書[illegible][illegible]而

錢四百故吏
章實錢四
百故從事

明錢三百

信故吏韋公

高商德錢三

故吏范汶錢
三百故吏
亭輔世錢二

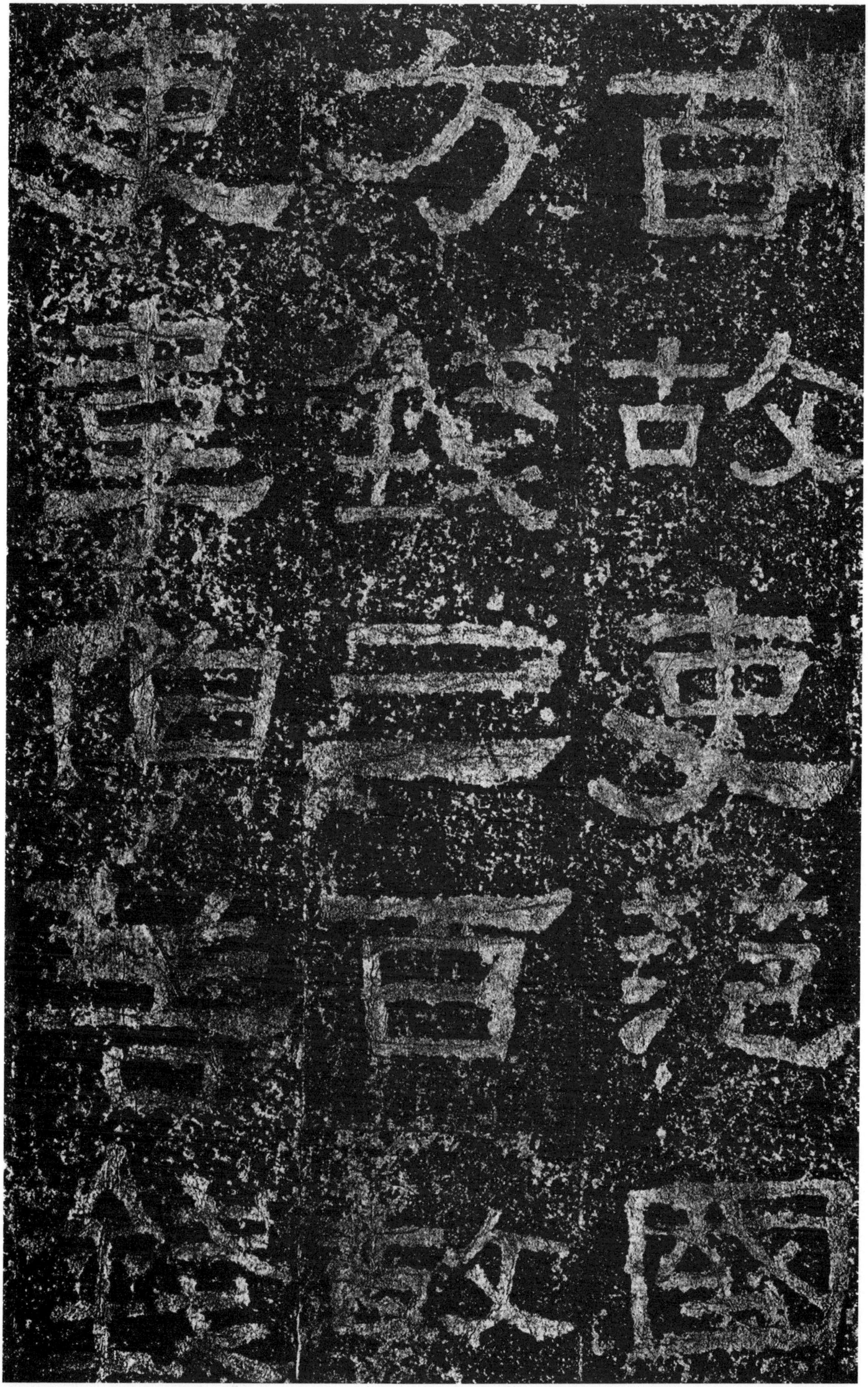

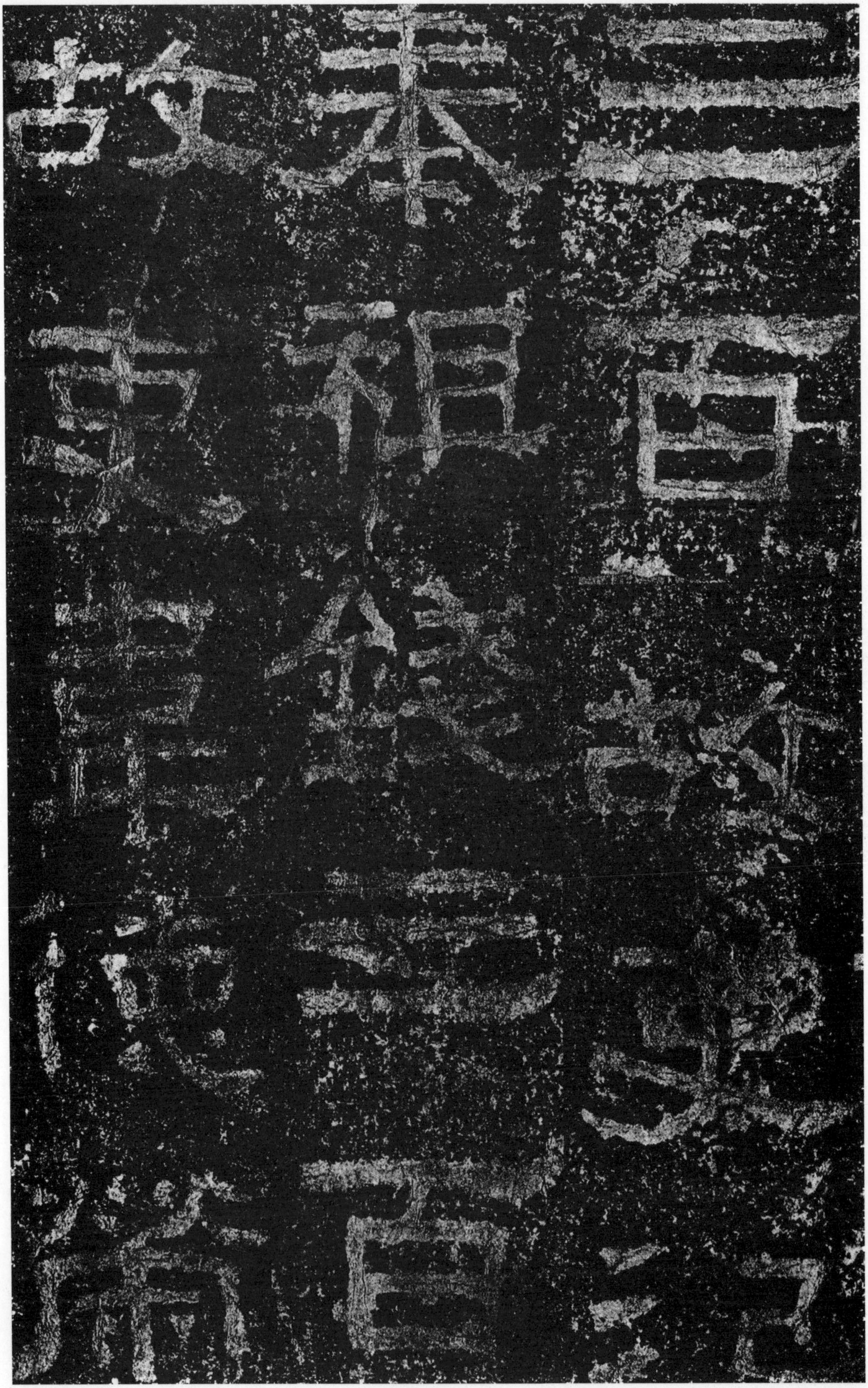

故事辟[illegible][illegible]

癸[illegible][illegible]故事

事[illegible]事

韋翕兆錢安

百故守韋盧

千故三百[illegible]

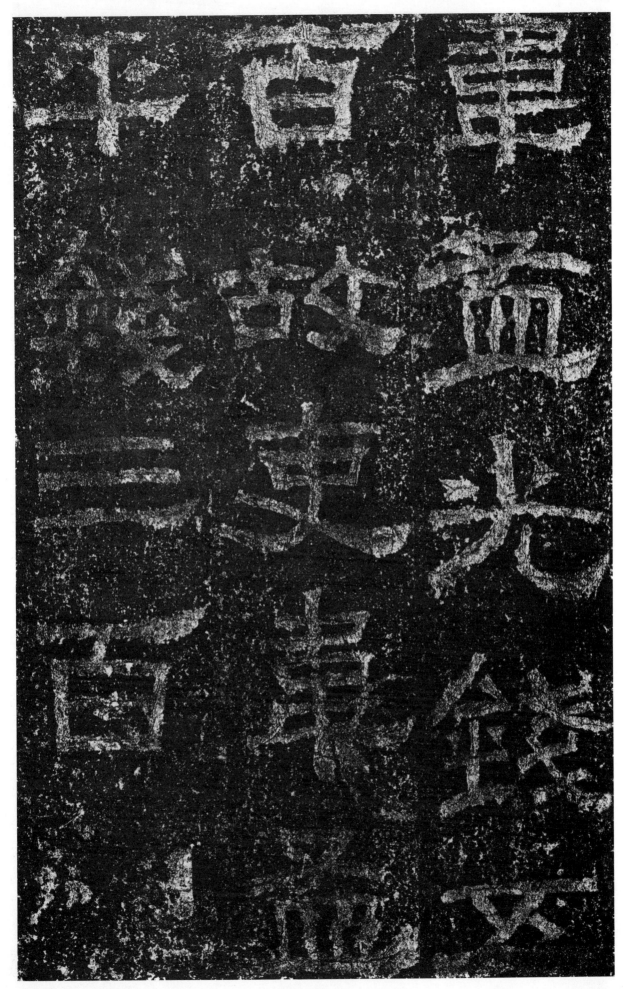

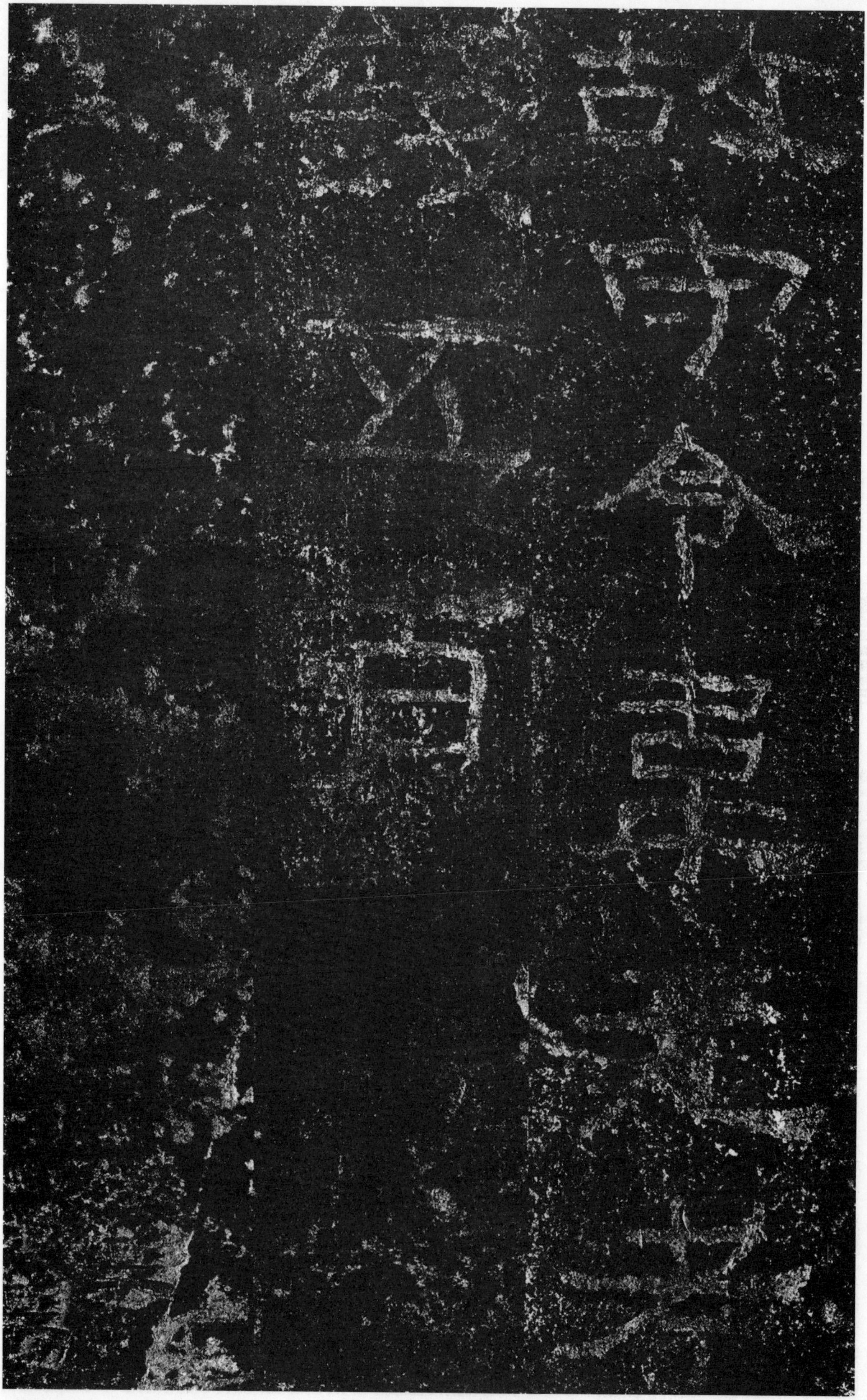

张迁碑释文

君讳迁，字公方，陈留己吾人也，君之先出自有周，周宣王中兴，有张仲，以孝友为行，披览诗雅，焕知其祖，高帝龙兴，有张良，善用筹策，在帷幕之内，决胜负千里之外，析珪於留，文景之间，有张释之，建忠弼之谟，帝游上林，问禽狩所有，苑令不对，更问啬夫，啬夫事对，于是进啬夫为令，令退为啬夫，释之议为不可，苑令有公卿之才，啬夫喋喋小吏，非社稷之重，上从言，孝武时，有张骞，广通风俗，开定畿寓，南苞八蛮，西羁六戎，北震五狄，东勤九夷，荒远既殡，各贡所有，张是辅汉，世载其德，爰既旦于君，盖其缠绖，缵戎鸿绪，牧守相系，不殒高问，孝弟于家，中謇于朝，治京氏易，聪丽权略，艺于从畋，少为郡吏，隐练职位，常在股肱，数为从事，声无细闻，徵拜〔郎〕中，除谷城长，蚕月之务，不闭四门，腊正之僚，休囚归贺，八月筭民，不烦于乡，随就虚落，存恤高年，路无拾遗，犁种宿野，黄巾初起，烧平〔城〕市，斯县独全，子贱孔蔑，其道区别，尚书五教，君崇其宽，诗云恺悌，君隆其恩，东里润色，君垂其仁，邵伯分陕，君懿子棠，晋阳佩玮，西门带弦，君之体素，能双其勋，流化八基，迁荡阴令，吏民颉颃，随送如云，周公东征，西人怨思，奚斯赞鲁，考父颂殷，前喆遗芳，有功不书，后无述焉，于是刊石竖表，铭勒万载，三代以来，虽远犹近，诗云旧国，其命惟新。于穆我君，既敦既纯，雪白之性，孝友之仁，纪行求本，兰生有芬，克岐有兆，绥御有勋，利器不觌，鱼不出渊，国之良干，垂爱在民，蔽沛棠树，温温恭人，乾道不缪，唯淑是亲，既多受祉，永享南山，干禄无疆，子子孙孙。？惟中平三年，岁在摄提，二月震节，纪日上旬，阳气厥析，感思旧君，故吏韦萌等，佥然同声，赁师孙兴，刊石立表，以示后昆，共享天祚，亿载万年

故安国长韦叔珍钱五百　故从事韦□□钱五百　故从事韦元雅钱五百　故从事韦元景钱五百　故从事韦世节钱五百　故守令韦叔远钱五百　故守令范伯犀　故吏韦金石钱二□　〔故〕督邮范齐公钱五百　〔故〕吏范文宗钱千　故吏范世节钱八百　故吏韦府卿钱七百　故吏范季考钱七百　故吏韦伯台钱八百　故吏范德宝钱八百　故吏韦公逴钱五百　故吏汜定国钱七百　故吏韦闰德钱五百故吏孙升高钱五百　故吏韦公逴钱七百　故吏韦排仙钱四百　故吏范巨钱四百　故吏韦义才钱四百　故吏韦辅节钱四百　故吏韦元绪钱四百　故吏韦容人钱四百　故从事原宣德钱三百　故吏韦公明钱三百　故吏范成钱三百　故吏韦辅世钱三百　故吏范国方钱三百　故吏韦伯善钱三百　故吏汜奉祖钱三百　故吏韦德荣　故吏范利德钱三百　故吏韦武章　故吏驺叔义　故吏韦宣钱三百　故吏韦孟光钱五百　故吏韦孟平钱三百　故守令韦元考钱五百